NOVOS DESTINOS
DE APRENDIZADO

Novos Destinos de Aprendizado

ALDIVAN TORRES

Canary Of Joy

Contents

1 "Novos destinos de aprendizado"   1

1

"Novos destinos de aprendizado"

Aldivan Torres
Novos Destinos de aprendizado

Autor: Aldivan Torres
©2018-Aldivan Torres
Todos os direitos reservados

Este livro, incluindo todas as suas partes, é protegido por Direito de autor e não pode ser reproduzido sem a permissão do autor, revendido ou transferido.

Aldivan Torres é um escritor consolidado em vários gêneros. Até o momento tem títulos publicados em nove línguas. Desde cedo, sempre foi um amante da arte da escrita tendo consolidado uma carreira profissional a partir do segundo semestre de 2013. Espera com seus escritos contribuir para a cultura Pernambucana e brasileira, despertando o prazer de ler naqueles que ainda não tenham o hábito. Sua missão é conquistar o coração de cada um dos seus leitores. Além da literatura, seus gostos principais são a música, as viagens, os amigos, a família e o próprio prazer de viver. "Pela literatura, igualdade, fraternidade, justiça, dignidade e honra do ser humano sempre" é o seu lema.

Conteúdo do Livro
"Novos destinos de aprendizado"
Novos Destinos de aprendizado
Bezerros
Os Papangus
No distrito de encruzilhada
A volta
Gravatá

Bezerros

Do ponto em que descem são apenas alguns metros para terem acesso ao amplo salão da rodoviária. Dois deles vão para o guichê de atendimento onde compram as passagens de todos. Após, retornam ao local principal e reúnem-se aos outros que estão acomodados ao longo das poltronas de cimento. O horário da chegada do ônibus seria em exatos trinta minutos.

Eles aproveitam este curto período para conhecer os outros passageiros. Conversar é uma atividade saudável que reduz o estresse e alivia o organismo das pressões e responsabilidades naturais. Todos participam e eles são elogiados pela sua simpatia. A equipe da série "O vidente" estava de parabéns, pois se destacava em qualquer lugar que fosse.

Quando da chegada do ônibus, é formada uma fila por ordem de chegada e um a um vão adentrando no veículo. No instante em que todos já estão acomodados, é retomada a viagem. Rumo a Bezerros, a próxima parada.

Com uma população estimada em 60 301 habitantes, fica a uma altitude média de 470 metros ao nível do mar. Possui uma área de 492,556 km² e IDH 0,606. É a oitava cidade mais importante do agreste.

Bezerros é a típica cidade média interiorana que alia modernidade a um povo reconhecidamente cultural. Era exatamente o que procuravam: novos horizontes e mais um integrante para a turma. Que tivessem sorte!

O percurso de Trinta quilômetros que os separavam de lá seria bastante exaustivo, mas ninguém reclama. Cada qual aproveita o tempo de viagem da melhor forma: alguns dormem, outros assistem TV num monitor preso no teto, outros ocupam-se em conversa, uns ficam em silêncio a refletir e outros escutando música. O mais importante era a fé constante que mantinham. Seus problemas, seus carmas, suas ambições, seus medos, suas dúvidas seriam gradualmente solucionados graças a um ser luminoso que comandava todos eles.

O Aldivan acaba de arranjar uma amiga quando completam a marca de quinze quilômetros percorridos. Tratava-se de sua colega de poltrona, Raquele Leite, uma universitária da área de letras que retornava da aula da faculdade para casa. Segundo ela, faz este percurso diariamente. Após as apresentações formais, eles começam bater um papo gostoso:

"Quer dizer que você é escritor da série o vidente? Julgo que já ouvi falar. (Raquele)

"É possível. Em algum anúncio na 'internet'? Na minha página profissional? (O vidente)

"Sim, agora lembro-me. Sua página da "internet" foi compartilhada por alguns amigos meus e então pude visualizar. Está de Parabéns! Mas tire-me uma curiosidade, de onde surgiu a ideia do vidente? (Raquele)

"Do meu dom, do meu personagem. O vidente é meu "Eu sou" mais interno. Nele, posso tornar o impossível em realidade. (O vidente)

"Que massa! Parabéns! Eu sou uma leitora fervorosa e prometo que você estará na minha lista. Do que seus livros tratam?

"Cada livro aborda um tema programado. Já falei sobre sonhos, viagens no tempo, lugares sagrados, mestres e guias, retrospectiva presente e passado, aprendizado, conhecimento, Deus, destino e sobre mim mesmo. O objetivo maior é mudar mentalidades, ajudar pessoas a se encontrarem, divulgar o bem e o amor ao próximo. De certa maneira, minha missão é aproximar as pessoas do meu pai.

"Maravilhoso! Quem é seu pai?

"Meu pai foi quem criou e cria continuamente os universos e na língua humana é chamado de Javé. Ele me enviou aqui para chamar muitos ao seu seio, pois o tempo do julgamento aproxima-se.

"Interessante. Eu creio. Todos somos filhos de Deus, mas temos que merecer. O que não falta no mundo é maldade e falsidade.

"Eu concordo. Sou um ser especial que não conhece o pecado. Simplesmente o ódio, o rancor, a indiferença, o egoísmo, a maldade não existe em mim, pois Javé me transformou. Ele tirou-me da lama e me deu um jardim acreditando na minha mudança. Eu não o decepcionei. Sou fiel e cúmplice em todas as ocasiões.

"Que bom! Queria conhecer alguém como você principalmente agora. Ligaram para a faculdade avisando que minha mãe faleceu por isto estou retornando cedo para casa. Tem algo a me dizer?

O vidente reflete. Aquela jovem encantadora acabara de sofrer um golpe duro e mesmo assim parecia bem, pelo menos aparentemente. Na tela de sua mente aparecem as constantes perdas que também tivera na vida: seus avós, seu pai, primos, parentes, uma sobrinha e muitos amigos. Todos eles lhe deixaram um sentimento de perda que não saberia explicar. Como então consolar aquela pequena jovem? Tinha que pensar em algo urgente e escolher as palavras certas.

"Raquele, eu a compreendo. Mas ainda há uma esperança. O ser humano é um conjunto de corpo e espírito e no momento que nossa matéria falece a alma se desloca. De acordo com sua conduta na terra, ela alcança estágio espiritual em locais com seres de mesmo grau de evolução. Então não se preocupe. Sua mãe apenas se mudou e tenho certeza que os anjos cuidarão dela para você até o momento do reencontro.

"É possível? Estou sem chão, eu confesso.

"Eu garanto. Não haveria sentido para vida se não tivesse continuidade. Portanto, devemos fazer daqui a nossa catapulta para uma vida espiritual feliz.

"Está bem. Muito obrigada! Como você é o filho de Deus, eu peço que transmita uma mensagem para ela: diga-lhe que a perdoei e que sinto não a ter amado o suficiente. Eu nunca a esquecerei.

"Não se preocupe. Onde ela estiver ela está orgulhosa de você, uma jovem linda e encantadora.

"Tomara. Pode me dar seu contato?

"Contate-me na minha página de 'internet' principal: lá, podemos trocar mensagens e poderei te ajudar no que for preciso.

"Obrigada. Você é muito gentil.

"De nada.

A conversa instantaneamente esfria e cada um respeita o silêncio do outro. Instantes depois, o percurso é completado e ambos descem do automóvel. Raquele despede-se em definitivo e o filho de Deus deseja-lhe boa sorte. A equipe da série o vidente reúne-se, troca informações com populares e é informada duma pousada simples a poucos metros dali. Todos então dirigem-se para lá.

Alguns instantes depois, o grupo já estava adentrando na repartição simples de um único andar,15 x6 metros, portão de entrada com duas janelas laterais. O primeiro cômodo é uma pequena sala onde tem um balcão com uma atendente. Eles se aproximam da mesma, reservam os quartos, as chaves dos mesmos são entregues e então eles dirigem-se para os locais. Chegando lá, eles acomodam-se e tentam se ocupar em alguma atividade, pois ainda faltava duas horas para o horário do jantar.

Entre as atividades relaxantes que eles fazem estão tomar banho, dormir, observar a rua ao lado através de uma janela entre outros. Especificamente o nosso ídolo vidente concentra-se sobre uma cama recostado num travesseiro com enchimento de penas de ganso. Ele sente-se confortável e aproveita a posição e seu tempo para ler um bom livro. Dentre os que trouxera na mochila, ele escolhe um seu com título: O testamento, seu último Êxito de vendas. Abre-o em uma página aleatória e espera o resultado. Eis o trecho que ele tem acesso: " Para tudo há um tempo, para cada ocupação debaixo dos céus há um momento: um tempo para nascer e tempo para morrer, e tempo para arrancar o que foi plantado; tempo para matar e tempo para edificar;

tempo para chorar e tempo para rir; tempo para atirar pedras e tempo para juntá-las; tempo para abraçar e tempo para apartar-se; tempo para procurar e tempo para perder; tempo para guardar e tempo para jogar fora; tempo para rasgar e tempo para costurar; tempo para calar e tempo para falar; tempo para amar e tempo para odiar; tempo para a guerra e tempo para a paz".

O vidente analisa o trecho de sabedoria que fazia parte da bíblia e que se aplicava exatamente ao que estavam passando agora: estavam vivendo o momento do trabalho. Agora, ele tem a oportunidade de analisar sua trajetória: infância, adolescência, problemas psicológicos, familiares e de relacionamento, as primeiras paixões, decepções, fracassos, o desânimo, a sua noite escura da alma e com a superação dela, as novas esperanças. Nada fora fácil, mas as peças estavam começando a se encaixar. Como Diz o ditado popular, "Deus escreve certo por linhas tortas" e ele cria firmemente que a entrada de seus amigos não era por acaso.

Com seus companheiros de aventura, tinha a oportunidade de ensinar e aprender e a cada dia seus laços com eles estavam ficando mais fortes. Dentre as personalidades que mais marcaram sua vida até o momento estava a guardiã da montanha, seu parceiro Renato, Dona Carmem, Christine, Cláudio, O hindu, o Capitão Jackstone e sua esposa, a sacerdotisa, o arrependido Clodoaldo, o seu avô Victor Torres, Angel, os mutantes em geral, o incrível curandeiro e seus poderes, a história tocante da tragédia de Philiph. Todos tinham garantidamente transformado sua visão de mundo e acrescentando coisas boas em seus valores e era isto exatamente o que o pai desejava.

Agora, estava carregando consigo as dores dos seus colegas e tinha a missão de resgatar-lhes a alma. Algo bastante difícil quando não se tem nenhum incentivo para isso. Apenas faria por amor ao seu pai, a eles mesmos e a toda a humanidade transviada. Humanidade que não merecia seu amor, mas ele não podia evitar compreendê-la e adorá-la, pois fora obra de seu pai. Por isto, o título mais do que merecido de "filho de Deus", por ter um coração enorme disposto a acreditar, a confiar, a dar sempre uma nova oportunidade a todos aqueles que o procuravam. Este é nosso Aldivan Teixeira Torres, símbolo da resistência e persistência diante dos baques da vida. Sua fé permaneceria sempre......eternamente.... Maktub!

O vidente fecha o livro. Concluíra sua reflexão e aproveitaria o tempo restante para tirar um cochilo. Apesar de ser o filho de Deus, seu corpo era normal e necessitava de cuidados. Sentia-se fatigado por tantos dias na estrada, no campo e nas cidades. Contudo, era uma oportunidade única que não deixaria escapar. Rumo ao sucesso!

O vidente dorme e sua mente vagueia por mundos distantes em seu mundo de fantasias. Naquele instante mágico, todo ser humano tinha uma porta aberta de comunicação com as dimensões espirituais e, com sua experiência de vida, ele conhecia exatamente os elementos-chave para obter esta conexão. Através deste portal, já conhecera inúmeros segredos, potencializa o seu futuro e alcançara milagres surpreendentes. Naquela específica tarde, recebera a visita de uma entidade e esta lhe deu vários conselhos em relação a vários aspectos pessoais e de projetos. Tudo era possível alcançar de acordo com seus esforços pessoais e do seu grupo. Ao final do sonho, desperta e vê a si mesmo na cama. De volta à realidade e a seus desafios gigantes. Conquanto, estava decidido e disposto a buscar seu próprio destino no caminho que se mostrava a sua frente.

De relance, observa o braço onde estava posto um relógio. Verifica serem 17:50 Horas. Portanto, faltam dez minutos do horário marcado para o jantar. O seu estômago ronca e isto é sinal de que não é possível perder nenhum segundo. Ele levanta da cama e aproveita os dez minutos restantes para pentear o cabelo, trocar de roupa, passar um creme de hidratação no rosto e usar um bom perfume. Isto era o básico para um homem considerado um metrossexual, designação moderna para homem que gosta de sempre provocar uma boa impressão nos que o rodeiam.

Quando se sente pronto, sai do quarto e reúne-se aos seus colegas. Do quarto até o refeitório são apenas alguns metros que são cumpridos em algumas passadas. Ao chegar no local comum, é recepcionado pelos companheiros que já haviam chegado. O vidente admira a pontualidade de todos.

Como são muitas pessoas, eles juntam três mesas e cadeiras suficientes para acomodarem a todos. Após uma básica organização, eles avaliam o cardápio, fazem o pedido e enquanto esperam, conversam entre si. Neste meio tempo, alguém da mesa oposta se aproxima, um homem de estatura média, ruivo, cerca de trinta anos, corpo torneado e com um semblante marcado pela paz. Ao chegar bem próximo, ele toma a palavra:

"Oi, irmãos. Eu me chamo Ramon Gurgel e gostaria de sentar ao lado de vocês, pois me sinto só do outro lado. É possível?

"Claro, irmão. Sente-se aqui" Disse o filho de Deus" puxando uma cadeira ao seu lado.

"Obrigado. (Ramon Gurgel)

"Eu me chamo Aldivan. O que faz da vida?

"Sou pároco da Igreja no centro. Venho todas as noites jantar aqui, pois adoro a comida. E você?

"Sou funcionário público e escritor. Bem-vindo à turma, padre. (O vidente)

"Eu que agradeço a amabilidade" o Retribuiu.

"Meu nome é Renato. Você é desse lugar mesmo? (Renato)

"Sim, sou. Fiz meu voto há alguns meses e por intercessão divina trabalho aqui. Prazer, Renato. (Ramon)

"Prazer também. Isto é definitivo? (Renato)

"Não, de forma alguma. Somos servos do senhor e nossa missão é ir de encontro às ovelhas. Então não importa muito o local, o que importa é o foco que é cristo. Quando fazemos um voto, renunciamos ao mundo e a nós mesmos em prol das coisas divinas. (Explicou Ramon).

"Está bem. Entendi. (Renato)

"Sou a Bernadete Sousa, sou uma mulher que fez aborto, e nunca tive a oportunidade de me confessar. Como vê minha situação, padre?

"Nossa Igreja é contrária à prática de aborto e nós como integrantes desta instituição temos por obrigação seguir o mesmo pensamento. Isto estou falando do lado instituição. Já no lado humano, nós pedimos o perdão para quem cometeu esta categoria de pecado. Entretanto, é bastante frisar que quem julga é Deus. (Ramon)

"Eu sei. Desculpe-me, mas não estou satisfeita. Estamos ao lado de um homem que é realmente capaz de entender minhas razões e de me dar apoio. (Bernadete Sousa).

"Quem é este homem? (Espantou-se ele)

"Eu! Enquanto a sociedade e as instituições os condenavam eu reuni junto ao meu seio uma depressiva, uma mulher que fez aborto, um corrupto, um viciado em drogas, um ufólogo, um evolucionista e uma sexóloga. Meu pai e eu já os transformamos" disse Aldivan ao seu lado.

"Quem é seu pai? O que pretende? (Ramon)

"Meu pai se chama Javé. Transformaremos o mundo e sinto que você está incluído nisso.

Ramon fica estático. O que estava fazendo ali ao lado daqueles loucos? Estudara teologia e as escrituras, mas nada lembrava a figura de outro filho de Deus. Será que se tratava de outro falso profeta como cristo previu? Ou era apenas um homem com problemas? Seja o que fosse chamara sua atenção e despertara sua curiosidade. Com calma, retoma a conversa.

"Estou confuso. Por que você se considera o filho de Deus Explique direito esta história.

"Tenha fé, padre," Eu sou aquele que sou" e para isto não há explicação. Se tem alguma dúvida sobre mim, é natural, pois não me conheces. Mas investigue. Pergunte aos meus amigos aqui o que fiz por eles. (O filho de Deus)

"Está bem. Á vontade, amigos. Estou disposto a escutá-los. (Ramon)

"Eu sou a Rafaela Ferreira e fui uma jovem com um histórico grave de crises depressivas. A pior delas foi recentemente quando terminei um relacionamento. Eu estava a ponto de desistir e de me entregar quando conheci Aldivan e seu amigo. Eles me mostraram um novo mundo: um pai amoroso, dois filhos, anjos, parceiros e amigos que em conjunto formam o reino de Deus. Aceitei participar deste reino e gradualmente estou sendo transformada. (Depôs Rafaela Ferreira)

"E você consultou-se com médicos? (Ramon)

"Diversas vezes, mas nenhum deles deu uma solução definitiva para o meu problema. Acredito que meu problema maior era o lado psicológico. (Rafaela)

"Interessante. (Ramon)

"A depressão é um quadro grave que deve ser acompanhado por um médico e um psicólogo. Rafaela necessita dos dois. Entretanto, só tomar remédios não adianta. Ela precisa de pessoas que a apoiem, a chamem para sair, que lhe deem carinho, enfim.de uma mudança de rotina. Acredito que a viagem aliadas por boas conversas ajudarão no tratamento. (O vidente)

"Nisto eu concordo. Parabéns aos dois pela atitude! (Ramon)

"Obrigado. (Aldivan)

"Obrigada também! Então é isso, padre. Sinto-me melhor agora. (Rafaela)

"Que bom! (Ramon)

"Eu me chamo Osmar e sou funcionário público municipal do município de Sanharó. Após longos anos de trabalho fui demitido por corrupção e por denúncias de abusos de menores. Aldivan foi meu colega de trabalho no ano de 2007. Reencontramos agora em 2015 e ele me convidou para ocupar o cargo de apóstolo. Daí, perguntei-me: como pode? Que atributos eu tinha para ocupar semelhante função? Com o tempo percebi seu verdadeiro objetivo: tornar as trevas do meu entendimento em luz e está conseguindo. Como ele foi o único a ver coisas boas e a acreditar em mim, dediquei-me inteiramente a esta causa e posso dizer que me sinto redimido. Não há mais espaço em mim para a malícia, a perversidade ou a falha. Tornei-me perfeito por intermédio dele simplesmente porque ele não desistiu de mim. Devo-lhe a minha vida, Aldivan Teixeira Torres.

"Obrigado, Osmar. Mas tenha a convicção de que se não fosse sua intensa vontade de mudar eu não poderia fazer nada. Somos os responsáveis por nossas próprias escolhas e as consequências advindas dela. Querer é poder! (O filho de Deus)

"Sempre humilde. Por isto o amo tanto. (Osmar)

"Eu também duma maneira que você não pode compreender. (Aldivan)

"Intenso! Estou chocado com tudo o que vi e ouvi até agora. Estou quase convencido. (Ramon)

"Então continue escutando meus amigos e tire suas próprias conclusões. (Aldivan)

"Certo. (Ramon)

"Chamo-me Manoel Pereira e tive dois encontros decisivos com Aldivan. Na primeira oportunidade, tentei assaltá-lo, mas ele foi de uma doçura tamanha que me comoveu. Terminei desistindo do ato. Na segunda vez, quem me assaltou foi ele, mas não foi devido a dinheiro. Ele queria minha alma e mesmo sem eu acreditar no meu valor me entreguei completamente O resultado de tudo é que alcancei o seu perdão e uma nova oportunidade. Isto é realmente sem preço.

"E o que você fez para merecer este perdão? (Ramon)

"Nada concreto. Eu apenas me arrependi do meu pecado e com a ajuda dele tive novas perspectivas. (Manoel)

"Meu pai é misericordioso, Ramon. Ele não é um Deus de rancor e sua justiça pode ser suspensa por minha intercessão. O que um pai não faz pelo filho? Eu e ele nos resumimos na palavra *"Amor"* que está primeiro.

"Eu sei. Estudei teologia. Mas o que pretende com tamanha generosidade? Sabe, as pessoas precisam ter um pouco de responsabilidade e pagar por seus próprios erros. (Ramon)

"Você não conhece os segredos de Deus. Os pecados deles já estão mais que pagos. Você já sentiu o desprezo, o ódio, o preconceito e a indiferença da classe dita superior? Já se sentiu humilhado? Estes meus amigos são exemplos da dita escória que elegi como apóstolos para que sirva de exemplo para muitos. Eu e meu pai não fazemos diferença entre as pessoas e se ele me enviou uma segunda vez a este mundo foi para resgatar os pobres pecadores. Não fui eu quem os escolhi e sim eles que me escolheram, pois, sou o único capaz de enxergar o que cada um é. (Aldivan).

"Realmente o seu mundo difere do meu e é isto o que mais me encanta. Quero ouvir mais. (Dispôs-se Ramon)

"Sou Ufólogo e astrônomo e me chamo Róbson Moura. O meu encontro com Aldivan foi decisivo para desafiar as minhas crenças. Eu pensava saber tudo, mas, na verdade, era um leigo em relação a consistência de Deus. Hoje, descubro ele dia após dia nos atos de Aldivan Teixeira Torres. Estou convencido de sua origem especial.

"Um cientista? Você conseguiu dobrar um cientista? (Espantou-se Ramon)

"Estou quase lá. Certamente foi o maior desafio que enfrentei e agora só resta descobrir o seu "Eu sou", fortalecendo a parte espiritual, humana e social" Explicou o vidente.

"Qual o segredo? (Ramon)

"Persistência, dedicação, solidariedade, humanidade e empatia. Quando nos colocamos no lugar do outro, fica mais fácil de lidar com os problemas. (Aldivan)

"Além disso, me apaixonei pela doçura do Aldivan. Independentemente de quem ele seja realmente, quero ficar por perto, desfrutar de bons momentos ao seu lado e encontrar-me com Deus. (Róbson).

"Ótimo. Parabéns aos dois. (Ramon)

"Obrigado. (Aldivan e Róbson)

"Também posso ser considerado um cientista, pois sou especialista na teoria da evolução. Aldivan entrou na minha vida num momento crítico, quando estava tão abalado que perdera todas as esperanças. Ele me mostrou um caminho e que nada neste mundo é definitivo. Hoje, estou começando a entender como funciona o fluxo normal da vida e isto é um grande feito. Eu sou conhecido como Lídio Flores.

"Muito bem! Lídio. Sente-se melhor agora? (Ramon)

"Sim, certamente. Estou pronto para novas descobertas e retribuir o que fizeram comigo. (Lídio)

"Perfeito. (Ramon)

"Eu sou a Diana. O grupo me encontrou na feira de caruaru no instante em que eu dava uma palestra. Desde o primeiro momento, percebi a importância de cada um deles. Viajamos para alguns lugares, nos conhecemos melhor e decidi embarcar nesta aventura sem precedentes.

"Prazer, Diana. Qual a motivação? (Ramon)

"Minha maior motivação é o novo. Cada um aqui é especial de alguma forma e tem os seus segredos. Quero descobri-los. Além disso, Aldivan é alguém que me intriga bastante. Prazer também, Padre Ramon. (Diana)

"Muito bem! Obrigado pelo depoimento. (Ramon)

"Por nada. (Diana)

"Eu sou Rafael Potester, Arcanjo superior dos céus. Minha missão aqui na terra é orientá-los e protegê-los de todo mal pelo tempo que for necessário Apesar de ser perfeito, eu tenho aprendido muito com a convivência com os humanos.

"Eu sou Uriel Ikiriri, anjo guardião do Aldivan e também tenho as mesmas atribuições do meu irmão. Porém, mais centralizado na figura do Aldivan que é meu benfeitor.

"Anjos na terra? Estou sonhando, meu Deus? Ou o mundo vai se acabar? (Espantou-se Ramon)

"Nenhuma das duas coisas, padre. Só fazemos parte de uma grande missão comandada pelas forças da luz e que usa Aldivan como instrumento. (Rafael).

Ramon reflete um pouco. Que história tinha nas mãos! Encontrara com o filho de Deus, seus apóstolos e com anjos. Se o vaticano soubesse haveria um reboliço em toda madre Igreja. Segundo a tradição, a volta de Jesus estava ligada ao julgamento e ao fim do mundo, mas pelo que pode perceber estavam enganados. O mundo estava tendo uma segunda oportunidade. Era o que constatava após escutar todos os depoimentos. Decidido, entra em novamente em contato.

"Aldivan, eu quero conhecer você também. Como fazemos? (Ramon)

"Você pode pedir licença a seu superior e nos acompanhar? Queremos fazer turismo na cidade e na zona rural. Aproveitamos também para nos conhecer melhor. (Convidou Aldivan)

"Espere só um instante. (Ramón)

Ramón levanta-se e vai para o lado direito, onde liga para alguém. Fica cerca de cinco minutos conversando ao celular. Ao terminar a ligação, retorna para junto de seus amigos. Retoma então o contato.

"Consegui a liberação. Quando partimos?

"Amanhã pela manhã. Terminemos o jantar. (Aldivan)

"Está certo. (Ramón)

O grupo continuou se alimentando. Concluído o jantar, eles aproveitaram o restante da noite para assistir Televisão, escutar uma boa música e admirar a noite bezerrense. Aquele local era perfeito para uma retomada de atitude e vivência de novas aventuras. Mais tarde, despediram-se do padre e foram dormir. Até o próximo capítulo. Continuem acompanhando o filho de Deus e seus amigos.

Os Papangus

Amanhece na tranquilidade e na paz. Um a um, nossos amigos vão despertando e preparando-se para sair em seus respectivos quartos: eles tomam banho, escovam os dentes, lavam o rosto, vestem uma roupa limpa e dirigem-se à copa de modo a comer o desjejum. São apenas alguns passos e eles reúnem-se como no dia anterior. Juntam novamente três mesas e se distribuem em cadeiras ao redor dela. Faz o pedido do dia: cuscuz com galinha de capoeira.

Enquanto esperam, mantêm-se em constante interação entre si. Quinze minutos depois, a refeição é servida. Durante a alimentação, alguns ficam calados e outros gostam de conversar. Eles viviam uma plena democracia onde todos tinham vez, voto e isto era muito produtivo para todos. Ao final da refeição, todos se sentiam mais felizes e prontos para novos desafios.

Neste instante, o padre chega, cumprimenta a todos e é acertado o início dos passeios do dia. Eles retornam aos quartos, preparam as mochilas e quando está tudo pronto reúnem-se novamente na sala. Daí eles ultrapassam a porta e tem acesso às ruas da cidade.

Seguem numa avenida centram em frente tomando todo cuidado para não serem atropelados por carros ou outros pedestres. No caminho passam por supermercados, lojas de conveniência, sapatarias, bancos, etc. Porém, não tem tempo de admirar a beleza urbana, pois tinham pressa.

Ao final da avenida, chegam ao destino pretendido. Tratava-se do centro cultural da cidade, um prédio térreo amplo, tendo como dimensões 20 × 12metros. Estilo normal, tinha uma grande entrada, uma janela lateral e paredes rebocadas com tinta azul. Ao adentrarem no estabelecimento, observam que o local é constituído de vão único. Eles chegam exatamente no horário de treinamento dos Papangus, um grupo folclórico da cidade que costumava sair no carnaval.

Eles sentam nos assentos disponíveis e observam a movimentação dos artistas no palco improvisado. Embrulhados por lençóis e fantasiados de diversas formas, vão descrevendo marchas e movimentos simplesmente incríveis parecendo uma grande contradança entre eles. O espetáculo é tão bonito que os nossos augustos personagens têm vontade também de participar junto. No total, são trinta minutos de sonho e de encanto.

Terminando a apresentação, dois dos artistas se aproximam dos visitantes. Após os cumprimentos formais e dos elogios uma conversação é iniciada.

"De onde vem o termo Papangu? (Aldivan)

"Tecnicamente, o nome provém de uma espécie grosseira, farricoco, a qual tomava parte nas extintas procissões de cinzas. (Ignácio coelho, um dos Papangus)

"Está bem. (Aldivan)

"E sua origem histórica? (Renato)

"Há várias versões. Segundo uma primeira teoria, a origem dos Papangus data de 1881, nascendo duma brincadeira de familiares dos senhores de engenhos, os quais saíam mascarados e mal vestidos para visitar os amigos nas festas de carnaval. Nestas ocasiões, comiam angu. Daí a origem do nome. Numa versão mais popular, dizem que foram dois irmãos que comiam muito angu e resolveram cortar as pernas das calças e cobrir o rosto com capuz para não serem reconhecidos. No entanto, a gula os traiu e foram descobertos. Outra versão, diz que os mascarados ganharam este nome por conta de uma senhora que resolveu preparar angu para alimentá-los. (Felipe Martins, outro Papangu).

"Beleza. (Renato)

"Como começou esta brincadeira? (Rafaela Ferreira)

"No início alguns homens reuniram-se para festejar o carnaval. Como não queriam ser reconhecidos, usavam máscaras para despistar as esposas. Ano a ano, a brincadeira foi se expandido e hoje é muito importante para a cultura local. (Ignácio Coelho).

"Vocês homens são demais. Pobrezinhas das esposas. (Rafaela)

"E como fazem para não serem reconhecidos? (Bernadete Sousa)

"Confeccionamos nossas fantasias em segredo e trocamos de roupas em lugares desconhecidos. Isto dificulta a nossa identificação" Explicou Felipe Martins.

"Muito engenhoso. (Comentou Bernadete Sousa)

"Pois estão de parabéns pela desenvoltura. Foi maravilhoso, não foi pessoal? (Osmar)

"Sim. (os outros)

"Muito obrigado. Nos esforçamos ao máximo para produzir um espetáculo de qualidade. (Ignácio Coelho)

"E temos muito orgulho de nossa cultura. (Complementou Felipe Martins)

"Eu também tenho orgulho. Se eu não fosse padre, também participava. (Ramon)

"Está vendo como não passamos despercebidos? (Ignácio)

"Verdade. Muito obrigado por tudo. Agora, temos que ir. Foi um prazer. (Aldivan)

"O prazer foi todo nosso. (Ignácio)

"Até logo. (Renato)

"Até logo. (Felipe Martins)

Todos os outros trataram de se despedir. Cumprida esta etapa, dirigiram-se a saída, a ultrapassaram alguns instantes depois e tomaram novo destino. O que mais viria por aí? Continuem prestando atenção na narrativa.

No distrito de encruzilhada

Da pousada onde estavam deslocaram-se três quarteirões a direita onde ficavam os pontos de táxi. Chegando no local, alugam duas vãs e nossos amigos acomodam-se nas mesmas. É dada então a partida em sentido à rodovia BR 232. Enfrentando um trânsito normal, eles começam a percorrer uma parte do perímetro da cidade em suas ruas asfaltadas.

No caminho por onde passam, tem a oportunidade de conhecer melhor aquela cidade que gentilmente os abrigara. Seus edifícios, praças, igrejas, suas ruas modernas e seu povo a engrandeciam. Mesmo que nunca mais voltassem ali, não esqueceriam de seu charme todo especial.

Ao final do perímetro da cidade, entram na rodovia e começam a fazer o caminho inverso. Seriam 22,6 quilômetros até o famoso distrito de encruzilhada. Estavam em busca de uma nova história para si mesmos.

Enquanto avançam na importante rodovia, tiram suas próprias conclusões sobre o caminho traçado até ali. Eram uma equipe coesa, competente e eficaz nos projetos e tudo estava correndo na normalidade mesmo que tudo, absolutamente tudo, conspirasse contra os mesmos. Esta ação da força contrária provocava uma reação entre eles e com o apoio dos anjos e do próprio Javé conseguiam superar todas as dificuldades. Qual era o segredo do sucesso? Certamente ter um líder experimentado como o Aldivan entre eles era um ponto crucial. O Grande filho de Deus conhecia exatamente o problema de cada um dali e tinha os elementos-chave para solucioná-los. No entanto, nada poderia fazer se os seus discípulos não se esforçassem o que era felizmente atendido em todas as circunstâncias.

Eles ultrapassam a metade do percurso e o foco do grupo ainda era o caminho. Especificamente o vidente, cuidava para nada sair do seu controle, mas naquele momento também era expectador. Esperava que o padre tivesse um bom motivo para retroceder no caminho.

Avançando um pouco mais, o relevo agreste continua majestoso: as serras, o vestígio da mata atlântica, a estrada que se alongava, o homem do interior com seu jumentinho às margens da estrada dava um toque de encanto ao lugar. Realmente não havia lugar no mundo comparável às terras brasileiras. Estes atributos alimentavam o jargão "Deus é brasileiro" e isto era uma verdade literal.

Ao final de vinte minutos eles têm acesso ao famoso arruado. Os carros saem da rodovia, pegam uma estrada comum e a pedido do padre se aproximam do centro comercial. Eles descem próximo a uma quitanda, despedem-se, pegam o contato dos motoristas e pagam o frete.

Do local de desembarque até o estabelecimento são apenas alguns passos e felizmente ainda há mesas disponíveis. Como são espaçosas, são necessários apenas duas delas para que todos se acomodem ao redor dela em cadeiras de plástico.

Pegam o cardápio jogado sobre a mesa e analisam em grupo. O padre faz questão de ter a palavra final e sugere a famosa carne de sol com macaxeira. Todos aprovam. Chamam então a atendente e entregam o pedido por escrito. Ela solicita um prazo de trinta minutos para conclusão do prato.

Eles aproveitam este tempo para admirar a beleza do ambiente e fazer novas amizades. Encruzilhada era famosa por estes encontros atraídas pela culinária local. Um ponto turístico importante do município de Bezerros.

Quando menos esperam, o pedido é atendido e então eles podem aproveitar do sabor local. Eles adoram o que fazem devorar os pratos em poucos minutos. Bendito padre! Sabia realmente dar valor as coisas boas da vida.

Quando todos terminam de alimentar-se, Ramon Gurgel toma a iniciativa do contato:

"Amigos, vocês devem estar se perguntando: por que raios o padre nos trouxe para este pacato lugar? Se pensaram que foi apenas para comer estão redondamente enganados. Encruzilhada faz parte da minha história, especificamente da minha infância. Quero convidá-los para conhecer um lugar próximo daqui altamente importante para minha formação e trajetória. Aceitam?

"Eu topo. Estamos aqui em busca da verdade de cada um e se é importante para você nós iremos. De acordo, pessoal? (O vidente)

"Por mim, sim. Sempre juntos, parceiro. (Renato)

"Eu e meu irmão estamos aqui para qualquer coisa. (Uriel)

"Estamos no mesmo barco e o que decidires concordamos. Falo isso em nome do grupo restante. (Osmar)

"Ótimo. Nos mostre o caminho, Ramon. (O vidente)

"Está certo. Acompanhem-me. (Ramon)

Eles levantam-se das cadeiras, pagam a despesa no estabelecimento e despedem-se em definitivo. Partindo do centro comercial, eles começam a percorrer a avenida principal da vila e após atravessarem uma esquina, deixam o perímetro urbano e pegam uma estrada de chão.

Encontram com um carro de bois, um carteiro e um vaqueiro dirigindo sua manada. As mulheres ficam com medo dos animais e são protegidas pelos anjos e homens. Um pouco mais adiante, o perigo já passara. Daí para frente são mais duas léguas a serem percorridas acompanhados do vazio, do sol, dos animais rastejantes e do destino que gritava diante deles. O que os esperava?

Já perto de chegar ao destino, eles promovem a única parada possível. Eles hidratam-se e jogam conversa fora. No entanto, o padre faz questão de manter o mistério. Agora, os outros estão a ponto de desmaiar de tão nervosos e ansiosos que estavam. O que se escondia naquele matagal que parecia à primeira vista comum? Ele corria sérios riscos de entrar em contradição se não correspondesse às expectativas produzidas.

Terminada a pausa, a caminhada é retomada normalmente. São mais cerca de quinhentos metros a serem percorridos o que é feito em tempo recorde. Diante deles está um bosque imponente e florido. Ao sinal de Ramon, eles adentram na via estreita que dá acesso ao mesmo.

Com dez minutos de caminhada, eles param diante duma pedra localizado do lado esquerdo da via. Ramon trata de explicar:

"Eu os trouxe aqui amigos porque este foi o local mais importante da minha vida. Quando tinha quinze anos, após uma briga com meus pais, refugiei-me nesta pedra e chorei bastante. Pela primeira vez eu me sentia sozinho na vida e no auge da minha dor ocorreu um grande milagre: um jovem de cerca de trinta anos, estatura média, barbudo e com cabelos compridos surgiu do nada e começou a conversar comigo. Ele parecia compreender meus problemas e me deu soluções fantásticas para solucioná-los. Ao sentir meu ânimo melhorar, ele deixou-me. Hoje após tanto tempo tenho uma certeza: este homem tem as mesmas características que você Aldivan e me fez repensar minha atividade pastoral.

"É possível. Os seres da luz através da comunhão são um só. Então não importa a identidade do ser, agimos em conjunto. (O vidente)

"Estudei a comunhão, mas tudo parece uma grande teoria. Neste mundo, estamos sujeitos a muitas individualidades. (Ramon)

"Isto depende muito, meu amigo. (O vidente)

"Do quê? (Ramon)

"Expliquem-lhe, amigos. (O filho de Deus)

"Por exemplo, eu e Aldivan, nos complementamos como parceiro de aventuras. (Renato)

"Eu, A Bernadete e a Diana estamos unidos pela identificação de gênero e de amizade. (Rafaela Ferreira)

"Eu e o Lídio Flores por sermos cientistas. (Róbson Moura)

"Eu e o Manoel por sermos a escória da sociedade. (Osmar)

"Eu e o Uriel por sermos Arcanjos. (Rafael)

"E todos nós por sermos parte da série" O vidente" e pertencermos à criação. Meu pai e eu somos tão ligados que somos um só, mas este é um estágio inalcançável para um humano comum. Para vocês, basta a graça do meu pai, a minha e a do meu irmão. (O filho de Deus).

"Eu creio! Eu não sei explicar, mas eu creio. Durante toda a minha vida procurei um Deus desconhecido e pensei que estudando teologia alcançaria respostas. Contudo, até hoje tenho dúvidas. Eu abracei uma causa sem entender. (Confessou Ramon Gurgel)

"Você crê porque veio de Deus e reconhece alguém dele. Se você permitir, eu entrarei na sua mente frágil e despertarei em si o seu "Eu sou". O "Eu sou" é o segredo que carregamos desde a nossa geração, um código que leva a todas as respostas. Conhecendo melhor a si mesmo, poderás aceitar o que lhe proponho. (O filho de Deus)

"O que devo fazer? (Ramon)

"Entregue sua cruz ao pai, ao irmão e a mim plenamente. Então eu agirei. (Aldivan)

Ramon efetua uma análise rápida daquele pedido. Como assim entregar sua cruz? Já não renunciara a sua família e as coisas do mundo para ser padre? O que mais faltava para Deus agir em sua vida? Ele não podia entender aquelas palavras naquele momento, mas se sentia extremamente à vontade para arriscar. E que fosse o que Deus quisesse.

"Tudo bem. Eu aceito. (Respondeu Ramon)

O filho de Deus sorri. Conquistara mais um coração e não o desapontaria. Com passos firmes aproxima-se e ao chegar mais perto, senta na pedra. Com um gesto, chama o novo discípulo para perto de si, e eles ficam lado a lado. Os outros só observam e ficam vibrando pelo movimento do toque, o que ocorre instantes depois na coxa direita. Então a visão se revela:

"Ramon Gurgel nasceu no dia 12 de outubro de 1971 no distrito de Encruzilhada. Oriundo de família extremamente católica, recebeu o apoio e muito amor por parte dos seus pais, Clarice e Estevão, desde os primeiros momentos. Após passar três dias na incubadora pelo fato de a gestação ser de risco (A Mãe era diabética e hipertensa), trouxeram-lhe para casa. A partir daí, iniciou-se o seu desenvolvimento normal como criança. Semelhantemente as outras, ele riu, brincou, chorou e aprendeu muito com o passar dos dias. Um fato marcante e feliz foi quando ele deu os primeiros passos na comemoração dos dias das crianças de 1972. Era também seu aniversário e em vez de receber presentes ele deu esta alegria aos pais. Nos dias seguintes recomeçou a aventura do conhecimento só que desta feita com mais independência apesar de estar sempre vigiado pela mãe amorosa. E assim o tempo foi se passando.

Em seguida, o menino Ramon completou dois, três, quatro anos. Ele foi inserido numa escola da sua vila onde iniciou sua vida acadêmica. Menino esperto que era, não demorou aprender o significado das letras, dos números e do seu próprio papel na sociedade. Nascia assim o Ramon social.

O que despertou muito sua atenção sempre foi a temática religiosa em casa e na escola. Diversamente dos seus colegas, ficava sempre após as aulas efetuando perguntas ao professor. Nem sempre obtinha as respostas o que lhe dava ainda mais ânimo para descobrir coisas novas.

Foi assim que em acertos e desacertos o menino cresceu. Tornou-se um adolescente lindo por dentro, carismático, respeitador, simpático, curioso, investigador, tolerante e ativo em sua comunidade e município. Seu lema principal era todos por um e um por todos.

Contudo, sua vida nem sempre foram flores. Numa discussão entre os seus pais em que ele se intrometeu foi destratado por ambos. Inconformado, saiu de casa, andou pelo bosque que muitos consideravam sagrado e teve um encontro com um homem maravilhoso que atualmente acreditava ter sido Jesus. Este encontro foi crucial para uma decisão que mudou sua vida: entrar no seminário. Comunicou este referido desejo aos pais que apoiaram em todos os sentidos. Foi aí que sua missão começou.

No seminário, terminou os estudos secundários, superior e formou-se nas disciplinas exigidas para um sacerdote. Com vinte e cinco anos foi finalmente ordenado e começou a atuar em diversas paróquias distribuídas em vários estados do país.

A seu pedido, retornara à sua terra natal fazia três anos e reencontrou suas origens. Seus pais estavam agora velhinhos, mas seguros pela aposentadoria do governo. Com uma preocupação a menos, restava para ele descobrir a verdadeira face de Javé que por mais que estudasse ainda não entendia. No momento, estava empolgado com o encontro com o filho de Deus e seus amigos e esperava realizar suas aspirações mais profundas ao seu lado. Que Deus abençoasse a todos!"

A visão se esvai. O mestre e o discípulo abraçam-se e este é o momento mais emocionante até ali. De um lado, um padre, um conhecedor de teologia, e do outro um jovem com conhecimento de Deus. O primeiro quisera se humilhar e tornar-se filho daquele homem misterioso que prometia compreensão e dias melhores. Não sabia como, mas tinha total confiança nele.

Ao término do abraço, eles reúnem-se com os outros discípulos e ao darem os primeiros passos de retorno, algo estranho acontece: À terra treme, o mundo gira, o sol desaparece e à terra entra num cataclismo global. Eles ficam imóveis esperando o desenrolar dos acontecimentos. Sobe do Sheol, um lugar obscuro, um grande dragão com sete cabeças, sete chifres, cauda longa, braços e pernas torneadas, tronco grosso e robusto, unhas gigantes, face de Leão com mensagem profana na testa. Ele se põe diante de nossos amigos e neste instante ninguém respira. E agora? O que aconteceria? Haveria salvação diante de tamanha fera?

O dragão avança. A famosa besta do apocalipse ergue-se e declama:

"Posso ver todos os seus esforços e digo-lhes que são esforços vãos Como querem alcançar seus objetivos adorando um Deus que não existe? Ainda bem que há tempo para reconsiderar. Fiquem do meu lado e prometo apoio a vossas causas. Tudo foi entregue a mim e coloco a vossa disposição.

"Você é um pobre coitado, Lúcifer. Líder de uma conjuração fracassada, foi jogado para sempre nas trevas exteriores. Não queira nos meter junto de si, pois não trabalhamos com perdedores. (Vociferou Rafael)

"O seu poder consiste na mentira e na malícia, algo que não existe entre nós. (Uriel Ikiriri)

"Eu sei. Mas por que tudo isso? Por que vocês foram covardes e apoiaram a tirania do opressor Miguel. Se ficassem ao meu lado, as coisas tomariam novo rumo. (Retrucou Lúcifer)

"Miguel sempre foi um líder nato e obediente a Deus, diferentemente de você. Não queiramos misturar as coisas. (Rafael)

"Uma coisa é servir a Deus e outra coisa é querer ser Deus, Lúcifer. (Uriel)

"Está certo. Deixemos para o filho de Deus decidir. Acredita que posso te dar tudo, jovem? (Lúcifer)

"Eu não preciso de nada além da graça de Deus. Não serei malagradecido e abandoná-lo. Não sonhe com isso. Por isto, vá embora Satanás, pois está escrito: servirás ao Senhor teu Deus e somente a ele. (Aldivan).

"Insolente! Eu não vou perdoá-lo! Eu sou a grande estrela da manhã e subirei até ao alto dos céus e reinarei. Meu primeiro troféu será sua cabeça. (Lúcifer)

Dito isto, Lúcifer começou a atacar os presentes. Os Arcanjos presentes revidaram e afastaram os humanos para não os machucar. Começou uma luta atroz entre os três arcanjos usando espadas, raios, poderes ocultos, campos magnéticos e força física. O embate era tão violento que à terra tremia.

Após quinze minutos de muitas lutas, parecia que a estrela da manhã levava vantagem mesmo contra dois. Pressentido o perigo, o filho de Deus invocou Miguel, o príncipe dos céus, para tomar partido. O anjo Miguel era seu mais leal servo e desde os primórdios do universo o acompanhava. Em questão de segundos ele aparece atencioso envolto em sua armadura mística e mostrando suas belas garras e asa cor de anil. Sua aura azul era intensa e sua espada flamejante a mais temida do universo. Após os cumprimentos formais, ele interveio na luta, afastou os anjos leais cansados e começou a lutar contra seu velho irmão.

Com praticamente o mesmo poder, os dois protagonizaram uma luta incrível. Chutes, socos, fogo, furacões, espadas poderosas, mentes poderosas. Tudo era realmente incrível e, em simultâneo, perigoso. Yin e yang em oposição.

Mas como o bem sempre é maior, o filho de Deus com seus rogos e súplicas direcionados ao pai ia enfraquecendo o adversário. Lúcifer chegou à exaustão e caiu prostrado diante da força do oponente à altura. Como na imagem pintada, o dragão ficou aos seus pés, derrotado. Com um sorriso, Miguel lançou-o novamente ao Sheol e ele ficou proibido de sair, a não ser que fosse autorizado.

Os outros anjos aplaudiram e cumprimentaram o benfeitor. Quem é como Deus? Sem sombra de dúvida não havia ninguém que pudesse desafiá-lo em todo o universo e esta força luminosa estava à disposição dos fiéis e contra os ataques dos inimigos. O arcanjo superior então entrou em contato:

"Meus cumprimentos, filho de Javé! Seu pai mandou-me aqui para proteger seus direitos. Ele o ama intensamente e eu não podia desapontá-lo. Ainda bem que tudo correu bem. (Miguel)

"Muito obrigado, servo dedicado. Colocarei mais milícias celestes à sua disposição em recompensa a sua lealdade. Muito obrigado Rafael e Uriel pelo seu esforço também. (O filho de Deus)

"Muito obrigado. (Miguel)

"Fizemos apenas a nossa obrigação. (Rafael)

"Peço perdão por não ter tido o poder necessário para protegê-lo. Mas eu me esforcei ao máximo. (Uriel)

"Não tem que se desculpar, Uriel. Compreendo que as forças de oposição são também fortes. No entanto, na fraqueza é que se mostra a força. Glória a Javé! (Aldivan)

"Glória! (Todos)

"Terei que ir. Os assuntos celestiais me chamam. Precisando, estou à disposição, pois apoio esta causa. (Miguel)

"Vá em paz, amigo. (O filho de Deus)

Miguel alça voo e desaparece na imensidão do universo. Ficaram só os humanos e os dois arcanjos superiores. O que faltava acontecer? Continuem prestando atenção nesta narrativa surpreendente que ainda promete muito.

A volta

O grupo inicia a caminhada de retorno. O que impera no momento é o alívio e a sensação de poder conquistado após a desastrosa derrota de Lúcifer. Sem sombra de dúvida, acreditavam piamente na proteção divina e nada, absolutamente nada, poderia colocar-se em confronto com eles.

Passo a passo, afastam-se da pedra abençoada, que a partir de agora era um marco na vida de todos. Lá, Jesus, o diabo, o supremo arcanjo, o filho de Deus e o padre tinham se revelado como nunca. Isto era parte do processo de aperfeiçoamento de cada um, o seu "Eu sou" mais interno que gritava continuamente. É este o objetivo a que se refere o livro: compreender claramente o seu papel e de que forma entrar em plena sintonia com as forças benignas do universo a que costumamos chamar de Deus. Sem mistérios, medos ou máscaras e este era um desafio e tanto para a maioria deles.

Algum tempo depois, completam uma légua percorrida. Restavam mais três para alcançarem novamente o perímetro urbano do distrito de encruzilhada, um lugar cheio de mistérios e que fazia parte da infância de Ramon Gurgel, padre católico profundamente transformado com a experiência do espírito santo. O objetivo agora era aprender ainda mais.

No longo percurso restante, fatos que não passaram despercebidos: encontro com um vendedor comercial oferecendo roupas, acessórios e utensílios domésticos (As mulheres acabam comprando chapéus e xales); pausa para descansar e para satisfação das necessidades fisiológicas" Exceto os Arcanjos" (o corpo necessitava disso); acidente envolvendo um escorpião e o tornozelo de Renato (Eram Felizmente prevenidos e levavam consigo caixa de socorros médicos essenciais) e uma breve orientação de Rafael.

Ao final de duas horas, eles retornam ao distrito e chegam à pista onde em poucos minutos conseguem arranjar transporte. Um ônibus escolar parara ante o sinal deles. Um a um, embarcam e é retomada a partida. Próxima parada: sede de Bezerros.

Teriam vinte e dois quilômetros e seiscentos metros pela frente e pela velocidade desenvolvida pelo meio de transporte alcançariam em pouco tempo. Contudo, para quem estava na estrada, tudo poderia acontecer.

Dito e fato. Após dez quilômetros percorridos com relativa tranquilidade ao meio da vegetação, serra exuberante, estradas bem cuidadas e uma turma de estudantes agitada, um pneumático fura o que obriga uma parada extra. Todos descem da condução e o motorista com outros homens tenta resolver o problema usando a força, jeito e as ferramentas apropriadas. Nesta operação, são gastos mais vinte minutos.

Problema resolvido, eles retornam ao automóvel e a viagem continua. Porém, os sustos não acabam. Um carro desgovernado ao lado obriga o motorista do ônibus fazer uma manobra perigosa que resulta quase num acidente. Ainda bem que o mesmo tinha experiência suficiente para se sair bem na questão e salvar a vida de todos. Era Javé agindo através dos homens.

Este foi o último susto do dia e eles acabam de chegar em paz na cidade exatamente às 14:00 Horas da tarde. O ônibus os deixa na porta da pousada e eles aproveitam o restante do dia para descansar. O padre retorna a sua Igreja onde faz suas malas. O objetivo era não perder nenhum passo daquele grupo que se tornara revolucionário.

No mesmo dia, eles se reencontram á noite após um jantar caloroso e pomposo. Fica acertado a integração de Ramon como Apóstolo oficial do vidente com o mesmo hospedando-se na pousada por um dia. Era o filho de Deus conquistando e superando as diferenças. E que Maktub!

No final da noite, sem maiores expectativas vão dormir. O dia já rendera o suficiente para todos e no novo amanhecer procurariam novos horizontes e novas aventuras. Em frente sempre que atrás vem gente!

Gravatá

A madrugada e a manhã surgem um pouco depois. Logo cedinho, os nossos bem aventurados personagens reúnem-se no pátio principal após tomar banho, comer o desjejum, escovar os dentes e arrumar as malas. Estavam prontos para a continuidade da viagem rumo ao litoral.

Firmes e decididos, dirigem-se a saída do estabelecimento após terem acertado as contas. Em questão de instantes, ultrapassam o obstáculo e vão em sentido à rodoviária. Diante de um tráfego tranquilo, atravessam uma rua e já se aproximam do objetivo. Á frente deles, mostra-se o terminal rodoviário que ligava aquela cidade ao restante do estado, país e mundo. Daí para frente são necessárias apenas mais alguns passos e eles finalmente chegam no local.

Os Arcanjos Uriel e Rafael tratam de comprar a passagem de todos na bilheteria e depois integram-se novamente ao grupo. Esperam cerca de vinte minutos até a chegada do ônibus e então novamente embarcam. Instantes depois, é dada a partida. Rumo a Gravatá!

Gravatá ficava a exatos vinte e seis quilômetros e trezentos metros de Bezerros. Com uma área de 513,367 km² e população 85 187 habitantes está a uma altitude de 447 metros. Seu IDH médio é de 0,634. Cidade média pernambucana, destaca-se pela sua economia forte e grandes eventos incluídos neste a sua tradicional festa dos reis, o carnaval, a semana santa, o são João, o natal além do turismo religioso que é bastante intenso.

Naquele instante, a expectativa e o nervosismo tomavam conta de todos. Até o momento, eram no total de doze aventureiros imersos numa aventura louca. E tudo isso começara com os quatro pilares da série o vidente: O Filho de Deus, O seu parceiro Renato e os dois Arcanjos os quais assistiram desde a última aventura. Juntos decidiram arriscar esta empreitada, com objetivo de despertar o "Eu sou" de cada pessoa necessitada, pessoas que se escondiam de si mesmos e que eram sumariamente julgadas pela sociedade por conta de seus pecados. Mas quem não peca? O Filho de Deus fazia justamente o contrário da dita sociedade respeitada, procurava entender as razões de todos os fatos e em vez de condenar os chamava ao seu seio. Todo mundo tinha direito a uma oportunidade de regeneração e apoio e ele mostrava isso ao aceitar como apóstolos a escória humana: um pedófilo, uma mulher que fez aborto, uma depressiva, um viciado em drogas, dois cientistas, um sexólogo e um religioso. Todos eles estavam fartos de carregarem estigmas dos quais não tinham culpa. Simplesmente não eram o que pensavam. Eram seres humanos dignos, respeitáveis, capazes de mudar e de serem felizes em cristo, em Javé e em Divinha. Mesmo que isso causasse uma grande polêmica nos ditos conservadores.

Certos disso, eles avançam no caminho. Desenvolvendo uma velocidade regular, o ônibus já ultrapassara a metade do percurso. Os nossos amigos aproveitam o conforto do automóvel para relaxar. Sentados nas poltronas da frente e lado a lado, nada mais parecia importar embora a maioria deles tivesse família, ocupações e compromissos. Tudo ficara para trás em nome da missão e pelo pouco que conheciam de Aldivan era bem empregado o tempo. Eram felizardos por desfrutarem da presença de alguém tão iluminado e especial, o filho verdadeiro da luz.

Falando do filho da luz, ele se encontrava ao lado do seu fiel escudeiro Renato. Juntos, os dois cochichavam e pareciam bem satisfeitos. Não era para menos. Eles já haviam cumprido quatro missões e esta cumprindo a quinta perfeitamente. Haveria limites para os sonhos dos dois? Certamente não e com os elementos certos poderiam alcançar o tão esperado sucesso no campo profissional, amoroso e espiritual. Porém, teriam que lidar com a frustração, o medo e a descrença dos outros.

Agora só restava esperar....... Avançando na estrada e aproximando-se da próxima cidade, nossos amigos perguntam-se sobre o futuro. Isto era absolutamente normal para alguns que até pouco tempo atrás viviam uma vida morna e distante de Deus. Com a companhia do vidente, tudo parecia mágico e improvável o que representava um grande milagre. Um renascimento completo proporcionado por Javé, o Deus do impossível. Como era bom ter um Deus e perspectivas!

Que o diga Aldivan, um ser transformado pelo pai. Vivera momentos trágicos e o mais difícil deles fora sua noite escura da alma, período em que fora abandonado pela humanidade dita caridosa. Era como se caísse num abismo de maldade sem fundo e sem socorro. Quando seu corpo estava a ponto de despedaçar-se no fundo, ocorrera um grande milagre. Sua vida mudara de tristeza para plena alegria. Era outro homem, o vidente, capaz de perdoar, entender os corações e de salvar. Fazia isto em memória de seu pai e de seu irmão poderoso. Por amor a eles, iria lutar pelos seus apóstolos, amigos, parceiros de aventura, colegas de profissão e de trabalho, mestres da vida, família e por toda a humanidade mesmo que não merecesse. Porque seu nome não era mais Aldivan, era o filho do verbo, era amor, vencera sua noite escura da alma, renascera e descobrira o Aleph original, feito nunca alcançado. Faltava apenas a consolidação dos seus objetivos. Mas era questão apenas de tempo e este Deus é muito sábio.

O tempo não para. O ônibus penetra na parte urbana da cidade de Gravatá. Eram exatamente oito da manhã e o movimento nas ruas é normal. Num tempo que eles não sabem mensurar, eles percorrem as principais vias da cidade. Como não a conheciam, acompanham todos os fatos atentamente.

O destino é o terminal rodoviário. Chegando lá, o ônibus para. O grupo desce enquanto outras pessoas entram, pois, o destino daquela linha era Recife. Fora do meio de transporte, eles se reúnem, coletam informações com algumas pessoas e segundo estas o hotel mais próximo ficava a dois quilômetros dali. Resolvem contratar táxis que estavam disponíveis naquele mesmo local.

Ao adentrarem nos táxis, informam o endereço final e os motoristas dão a partida. Começa então uma nova viagem bem curta. No Caminho, tem a oportunidade de conhecer um pouco mais daquela parte da cidade e a cada momento encantavam-se mais. Fora assim em todas as cidades pelas quais passaram. O sertão, o agreste e as outras regiões do estado eram simplesmente espetaculares e destacavam-se por sua cultura, vegetação, relevo, arquitetura, história e índole do seu povo. Dizia-se que o povo nordestino apesar de singelo era inesquecível e isto retratava uma grande verdade. Viva o nosso povo!

O pequeno percurso é completado em apenas cinco minutos. Eles descem diante dum prédio simples, um único andar, comprido e estreito, fechado nas laterais e com dois portões de entrada. Após pagar o frete, eles cuidam em entrar no estabelecimento. Semelhantemente aos outros hotéis, o primeiro cômodo é um pátio de recepção para os visitantes. Imediatamente, eles cuidam das formalidades e pegam as chaves dos respectivos quartos os quais ficavam no corredor. Eles dirigem-se para lá, divididos em três quartos.

Chegando lá, eles têm cerca de trinta minutos para se instalar e conhecer um pouco do ambiente. Os quartos são equipados com beliches, ar condicionado, frigobar, banheiro e estante com Televisão, aparelho de DVD e de Som. O básico para um conforto.

Ao final deste tempo, eles voltam a encontrar-se no pátio e decidem sair. O objetivo era conhecer um pouco da cidade. Ultrapassando o portão principal de saída, eles deslocam-se usando uma das avenidas principais da cidade sentido leste. Como ninguém conhecia o local, iam pegando informações aqui e ali. Num desses interessantes interrogatórios, acontece algo especial.

"Oi, jovem, poderia nos dar informações sobre pontos turísticos da cidade? (O vidente)

"Oi, bom dia. Conheço sim. Fui nascido e criado nesta cidade. Meu nome é Rafael Gonçalo e o de vocês?

"Eu sou o Aldivan Teixeira Tôrres.

"Renato.

"Meu nome é Rafaela Ferreira.

"Osmar.

"Bernadete Sousa.

"Manoel pereira.

"Róbson Moura.

"Lídio Flores.

""Diana Kollins.

"Ramon Gurgel ao seu dispor.

"Sou seu xará, Rafael Potester.

"Meu nome é Uriel Ikiriri.

"Prazer. Gravatá é uma cidade muito bonita e cheia de atrativos. Que locais vocês procuram especificamente? (Rafael Gonçalo)

"Prazer é todo nosso. Locais marcantes, sagrados e cheios de mistérios. Queremos apimentar nossa aventura. (O vidente)

"Beleza. Penso que sei exatamente do que precisam e teria um imenso prazer em acompanhá-los. (Rafael Gonçalo)

"Não vai atrapalhar seus compromissos? (O vidente)

"De maneira nenhuma Meu tempo é livre. (Rafael Gonçalo)

"Muito obrigado. (O vidente)

"Você é muito gentil" Elogiou Renato.

"Não foi nada. Podemos ir? (Rafael Gonçalo)

"Por mim, sim. E vocês, pessoal? (O vidente)

"Sim. (Os outros concomitantemente)

Com o consentimento de todos, eles começaram a seguir até o então estranho pelas ruas e avenidas da cidade. Atravessam boa parte da cidade a pé e pegam o caminho para a subida do alto do cruzeiro.

Como se fosse numa subida a uma montanha, o percurso exige bastante dos nossos amigos e agora a adrenalina é total. É inevitável para o vidente e seu parceiro não pensar em toda a sua trajetória até ali. Na carreira profissional dos dois, o significado duma elevação era muito grande: tinham vividos momentos intensos na Serra do Ororubá, no sítio guarda, na serra dos cavalos entre outros. A elevação era um desafio e a chegada ao seu topo era o clímax final, resultado dum trabalho de toda uma vida. Esta alegoria servia para qualquer coisa na vida.

No caminho até o local são acompanhados por pessoas e a subida não se torna tão monótona. Ao final dum tempo total de vinte minutos, conseguem alcançar o objetivo. Eles estão no alto do cruzeiro, ponto de peregrinação religiosa da cidade de onde podem ter uma visão privilegiada da cidade e contornos. Eles se se dirigem exatamente para junto da estátua do cristo redentor. Na ocasião, o anfitrião toma a palavra:

"Eu os trouxe exatamente aqui porque este símbolo é muito importante. É o cerne da minha fé e por causa dele não enlouqueci ainda.

"Também é o da minha. O que o aflige irmão? (Ramon Gurgel)

"Sofro de um problema genético. Tenho que tomar remédios diariamente para controlar minha esquizofrenia. (Revelou Rafael Gonçalo)

"Realmente é um grande problema. Muitos sofrem isso. Eu entendo. (Ramon)

"A minha esperança está na minha fé em cristo. (Rafael Gonçalo)

"Faz muito bem. Meu irmão não decepciona as pessoas que confiam nele. Eu recomendaria que você não dessa tanta importância ao seu problema. Pense que existem pessoas em pior situação do que a sua e não reclamam. Devemos nos adaptar as novas situações que a vida oferece sempre com alegria. (O filho de Deus)

"Eu queria. Como faço? (Rafael Gonçalo)

"Continue conosco. Tenho as respostas que você necessita em relação às suas dores. (O vidente)

"Como assim? (Rafael Gonçalo)

"Meus amigos têm problemas e também consegui ajudá-los Não é Rafaela? (O vidente)

"Sim. Sofro de um histórico depressivo e melhorei participando desta viagem. (respondeu ela)

"Sou uma mulher que fez aborto e enquanto minha família me desprezou, o filho de Deus ressuscitou-me com sua compreensão. (Bernadete Sousa)

"Fui condenado pela justiça, mas ao reencontrar o vidente tive um novo sentido para minha vida. (Osmar)

"O vidente perdoou meus piores crimes mesmo sem eu merecer. (Manoel Pereira)

"Encontrei respostas com ele que nem esperava. (Róbson Moura)

"O vidente entrou na minha vida num momento crítico e sua luz iluminou minhas trevas. (Lídio Flores)

"Ele me fez acreditar na vida de uma forma ampla. (Diana kollins)

"Ele me fez rever conceitos. (Ramon Gurgel)

"Ele me mostrou como deve ser um ser humano. (Renato)

"Mesmo sendo meu protegido, ele mostrou-se superior a mim. (Uriel Ikiriri)

"Ele transformou a relação entre os dois mundos. (Rafael)

"É o bastante irmão? (O vidente)

"Olha, tudo que ouvi é realmente incrível. Sabe, decido ficar e descobrir você também, pois me pareces muito interessante. Quem sabe não alcanço minha cura? (Rafael Gonçalo)

"Que bom! Mas aviso logo que o único capaz de curar é Deus. Sua fé é que pode remover montanhas. (O filho de Deus)

"Eu sei. Quero aprender a ter mais fé contigo. Aí acredito que o milagre acontecerá. (Rafael Gonçalo)

"Exato. Primeiramente, tenha fé neste homem representado na estátua (Apontando para o cristo redentor). Quando ele viveu foi capaz de curar aleijados, cegos, endemoninhados e até ressuscitar mortos. Mesmo no céu é capaz disso ainda. Ele é meu espelho em todos os sentidos, pois me fez reviver das cinzas. Agora, sim, sou capaz de transformar sua vida e da humanidade inteira se ela me aceitar. Meu poder está na palavra que é inspirada nas forças divinas. (O filho de Deus)

"Farei isso. Qual o próximo passo? (Rafael Gonçalo)

"Permite que eu o toque? Só assim poderei penetrar no fundo do seu ser e conhecê-lo melhor. (Aldivan)

"Sim, claro. (Rafael Gonçalo)

"Então licença. (O vidente)

Aldivan dá alguns passos e fica em frente ao seu novo apóstolo. Com um ligeiro toque em sua roupa, uma blusa de malha preta, ele pode ter acesso a uma visão breve:

"Rafael Gonçalo nascera numa típica família de classe social baixa na cidade de Gravatá. Desde criança e jovem, procurava ser o mais atuante possível nas relações familiares e sociais com um verdadeiro espírito de cidadão. No entanto, em dado momento, tudo parece mudar. Começou a ter problemas de insônia, a ter alucinações e ficar agressivo e a cada dia sua situação tendia a piorar. Por orientação dos familiares, contatou um médico e após alguns exames constatou-se que ele era portador de um problema mental: A esquizofrenia. A partir daquele dia, teria que tomar remédios diariamente e um acompanhamento médico constante. Este resultado o levou a uma grande frustração. O que tinha feito a Deus para merecer aquilo? Sem obter respostas, o mesmo continuou levando a vida em frente entre crises e tempos de bonança. Até o momento, duas internações em hospitais psiquiátricos. O que o levou a superar as crises foi a esperança de tempos melhores, a fé e o acompanhamento psicológico. No entanto, não estava satisfeito com as condições de sua vida e o encontro com o vidente e seus amigos era uma ótima oportunidade para encontrar a si mesmo, despertando o seu "Eu sou" que era possivelmente um dos casos mais complicados do grupo. Que Deus o abençoasse nesta sua nova fase, como apóstolo do filho de Deus."

Aldivan retira a mão e um leve estremecimento percorre seu corpo. Estava diante de uma pessoa que ainda não se aceitara e se isto era o mais perigoso. No seu caso, teria que fazer um trabalho especial de acomodação e liberação despertando a sua consciência. Pela experiência que tinha, carregava a certeza do sucesso no procedimento. Diante disso, tenta escolher as palavras certas.

"Eu e meu pai entendemos suas aflições, meu irmão. Faremos o que for possível para atender as suas demandas particulares. Entretanto, não sejamos egoístas e mudemos de foco. O principal é nos conhecermos, lidar com nossas fraquezas, conhecer a Deus e viver a nossa vida em plena sintonia com ele. Quem não tem problemas? O fato de não obtermos sucesso em todas as demandas não quer Dizer que Deus não nos ama. Ao contrário, é um grande aprendizado conviver com limitações mesmo de forma dolorosa. (O vidente)

"Eu sei. Eu não vou exigir o impossível de você. Estou pronto para o que der e vier! (Rafael Gonçalo)

"Que bom! Eu e meu pai te amamos! (O vidente)

"Eu também. (Rafael Gonçalo)

A emoção toma conta do momento, os dois se abraçam, os outros se aproximam e o abraço torna-se comunitário. Naquele momento, nossos amigos estavam totalmente interligados numa grande ritual de comunhão. Todas as diferenças ficaram para trás, quaisquer que sejam, de gênero, opção sexual, opinião, classe social, etnia, raça ou política. Todos eram filhos do mesmo pai, um pai revelado por seus dois filhos.

Pouco depois, eles se separam ficando um gosto de quero mais. Repetiriam o abraço sempre que fosse necessário. Então o líder do grupo entra em contato:

"Que tal irmos ao restaurante? Estou com fome.

"Ótima ideia, parceiro. (Renato)

"Eu também aprovo. Vamos pessoal? (Rafael Potester)

"Sim. (Os outros)

"Então vamos. (O vidente)

Ao sinal do filho de Deus, eles despedem-se do local e dirigem-se ao restaurante que ficava a alguns metros. Com passos firmes e seguros, eles cumprem todo o percurso que os separava do local rapidamente. No local, acomodam-se ao redor de duas mesas de oito lugares cada. O movimento é intenso no ambiente simples, mas bem organizado. Pegam o cardápio exposto em uma das mesas e debatem entre si. Escolhem galinha caipira com cuscuz. Chamam o garçom, registram o pedido e admiram a paisagem da cidade ao fundo enquanto esperam o pedido. Graças a Deus, estava tudo bem após alguns sustos no caminho.

Cerca de vinte minutos depois, eles são servidos. Enquanto comem, uma conversação se inicia entre eles.

"O que vocês esperam exatamente de mim e da aventura em si? (O filho de Deus)

"Javé me designou para acompanhá-lo. Eu espero que continue sempre este menino bom. (Rafael Potester)

"Eu sou o seu protetor especial e espero que continue brilhando. (Uriel Ikiriri)

"Eu espero continuar ao seu lado em suas aventuras. É muito excitante. (Renato)

"Eu espero aprender a controlar meus medos e superar por completo a minha crise depressiva. (Rafaela Ferreira)

"Eu quero recomeçar a minha vida, voltar a amar, casar, ter filhos e continuar no meu emprego. (Bernadete Sousa)

"Eu quero voltar ao mercado de trabalho, superar os processos judiciais, divulgar esta mensagem para todo mundo e continuar com a nossa amizade que é muito importante. (Osmar)

"Eu espero provar ao mundo que me regenerei e voltar ao seio da minha família. (Manoel Pereira)

"Eu espero aprender mais sobre Deus e continuar desvendando mistérios. (Róbson Moura)

"Eu espero tomar um novo rumo e ser feliz. (Lídio Flores)

"Eu quero ter um maior contato com visões diferentes de vida e assim encontrar minhas próprias respostas para meus anseios. (Diana Kollins)

"Eu quero redescobrir a Deus, algo que nunca imaginei antes. (Ramon Gurgel)

"Eu pretendo encontrar perspectivas novas. (Rafael Gonçalo)

"Muito bem! Eu também busco algo porque nunca sabemos o suficiente para não aprender. Eu quero aprender com vocês a conviver com minhas dores mais profundas. Cada um de vocês é um exemplo em diferentes circunstâncias do descaso humano. Então é algo para ser estudado e compreendido. (Revelou o vidente)

"Você? Quem lhe causou dor, meu mestre? (Rafaela Ferreira)

"A vida em si, é muito difícil. Quando alguém te machuca com palavras, é como te encravassem uma faca bem no meio do peito representando uma traição. Então dificilmente tem cura. Resta apenas o alento de tentar manter uma boa relação, pelo menos com respeito mútuo. É o que tento fazer. (Aldivan)

"Eu sei exatamente como é isso. Fui traída pelo amor da minha vida e ainda estou me recuperando. Mas é algo que não esquece. (Rafaela Ferreira)

"Sim. O que devemos fazer é dar valor as pessoas certas, aquelas que estarão sempre ao seu lado. (O vidente)

"Meus pais. (Rafaela Ferreira)

"E Deus em primeiro lugar. (Aldivan)

"Está bem. (Rafaela Ferreira)

"Exatamente meu caro Aldivan. Deus em primeiro lugar mesmo, pois até a família me abandonou. O único apoio humano que tive foi o seu e o dos colegas. (Bernadete Sousa)

"Por isto diz o ditado: "Às vezes os estranhos são mais sensíveis que os familiares e nos ajudam sem esperar retribuição". (O vidente)

"No meu caso foi exatamente o que aconteceu" afirmou Bernadete.

"A minha situação foi um pouco diferente. Eu realmente abusei da boa vontade dos meus familiares. Então realmente a culpa foi minha. (Manoel Pereira)

"Então temos uma distinção básica aqui: A família humana que é uma comunidade imprecisa e cheia de falhas e em contraponto há o Reino de Deus, uma família espiritual onde a falha não é permitida. No meu reino e do meu pai, todos são respeitados, compreendidos e assistidos. A única coisa que se exige é a obediência e o amor mútuo entre os membros. Eu os convido a participar deste reino, onde encontrarão a verdadeira felicidade. (O vidente)

"Tem vaga para um homem que foi pervertido e corrupto? (Osmar)

"Você disse bem. Para mim e meu pai, o passado já não importa. O que interessa é o seu presente e o que ainda tens para fazer. Eu te dei o meu voto de confiança como apóstolo e tenho certeza que não me arrependerei. (O filho de Deus)

"Muito obrigado. Eu te admiro, cara. Independentemente do que aconteça, já somos vencedores. Lembra de 2007? O seu chefão aqui exigente? (Em risos, Osmar)

"Eu lembro. Trabalhar me faz muito bem e foi ótimo tê-lo como chefe. Agora eu sou seu mestre invertendo nossos papéis. Mas não deixo de ser o mesmo sonhador de sempre. (O filho de Deus)

"Já minha vida mudou quando encontrei você nas duas vezes. (Osmar)

"A minha também. Estamos quites. (Aldivan)

"Está bem. (Osmar)

"A minha vida também mudou ao conhecê-lo, filho de Deus. Passei a enxergar o mundo duma maneira que nunca pensei. Como era bom se existissem outros como você por aí. (Róbson Moura)

"Nem pensar. Eu sou único e não há nada comparável comigo na face da terra. Se a humanidade pudesse aproveitar esta oportunidade que Deus lhe deu não haveria necessidade de salvação. Seríamos todos irmãos e não haveria mais morte, sofrimento, perdas ou fracassos. O mundo encontrar-se-ia com o pai definitivamente sem necessidade de intermediários. (O vidente)

"Verdade. Que bom te encontrei. (Róbson Moura)

"Sim, você é feliz. Em verdade vos digo que muitos sonharam em ver o que você está vendo agora e não puderam. No entanto, quero através deste livro alcançar muitas pessoas e conduzi-las a uma reflexão sem precedentes. Quem Já encontrou o seu "Eu sou"? (Aldivan)

"Eu não sei. (Róbson Moura)

"Eu lhe respondo: "O pai e seus dois filhos e aqueles a quem eles permitirem". (Aldivan)

"Beleza. Espero alcançar esta graça. (Róbson Moura)

"Assim seja! (O vidente)

"A minha questão é a seguinte: Eu não tenho sequer algum "Eu sou". Minha vida foi destroçada de tal maneira que fiquei sem chão. (Lídio Flores)

"Não fale assim. Meu pai não permitiria uma coisa dessas. O que aconteceu foi que você mergulhou numa depressão profunda e não consegue enxergar o óbvio. Eu sei que existe algo dentro de você que ainda falta ser desperto. (Aldivan)

"Se tem, está bem escondido. (Lídio Flores)

"Exato. Minha missão vai ser mostrá-lo a si mesmo e então as trevas se dissiparão com completo. (Aldivan)

"Entendi. Obrigado. (Lídio)

"Por nada. (Aldivan)

"No meu caso, vivi uma vida centrada apenas no relacionamento e no trabalho enquanto a vida corria lá fora. O encontro com você me despertou uma vontade imensa de conhecimento, algo que deixei passar. (Diana Kollins)

"É normal, Diana. O mundo é muito complexo e gira muito. Às vezes o tempo é nosso pior inimigo, principalmente quando se é ocupado. (O vidente)

"Sim, concordo. É a famosa questão de prioridades. (Diana)

"Exato. O que prego é que nossa única prioridade deve ser uma boa relação com o pai espiritual. Fazendo bem este papel, por consequência as outras coisas nos serão acrescentadas, pois, o objetivo do pai é que sejamos felizes. (O filho de Deus)

"Assim seja. Eu creio! (Diana)

"E o que diria a um sacerdote? Que estudou as leis humanas e divinas? (Ramon Gurgel)

"Com todo respeito, Ramon, não é possível à humanidade estudar as leis do meu pai. Elas são de tão forma complexas que somente os filhos podem entendê-la. Este "Eu sou" é secreto e o que vocês conhecem dele é algo puramente humano. Não posso definir meu pai com palavras, mas estão certamente incluídas em sua personalidade a misericórdia, a justiça, o perdão, a bondade, a doçura, a autoridade, o poder, a sabedoria, a humanidade, a compreensão, a força, a lealdade, o entendimento, a fortaleza, a piedade e o amor. Porém, o maior deles é o amor. (Aldivan)

"Eu estou estarrecido... Você é humano? (Ramon Gurgel)

"Sim, eu sou, mas também tenho uma parte que é divina que está em plena comunicação com o pai através do fenômeno da comunhão a qual possibilita os espíritos da luz a ter um só corpo e um só coração. (Aldivan)

"Maravilha. A cada instante, a minha vontade de continuar na missão aumenta. Que bom tê-lo encontrado. (Ramon)

"Digo o mesmo amigo. (Aldivan)

"Muito bem! E você tem explicação porque muitos sofrem com doenças genéticas e deficiências? É culpa de quem? (Rafael Gonçalo)

"Não há explicação nem muito menos culpa de alguém. O homem e a mulher unem-se e geram filhos muitas vezes com problemas. Digamos que a natureza tem um papel importante. Cabe a nós aceitarmos a cruz nossa de cada dia, lutar para ter uma vida digna e agradecer a Deus pela mesma. Lembre-se sempre: Toda vida é importante para o pai e devemos prosseguir com ela até quando for possível. (Resumiu o vidente)

"Obrigado pela explicação. Estou satisfeito. (Rafael Gonçalo)

"De nada. Estão vendo discípulos? Cada qual possui seus objetivos individuais aqui, mas devemos lutar para que as metas do grupo prevaleçam. Todos nós, no fundo, buscamos algo que parece distante, mas às vezes está tão perto. Então sejamos mais críticos, observadores e astutos. Boa sorte para nós! (O vidente)

"Assim seja. Estou satisfeito" Diz Renato afastando o prato.

"Eu também" Diz Aldivan fazendo o mesmo.

Um a um, os outros seguem o mesmo ritual. Ao final, Rafael entra em contato.

"Está na hora de irmos. Tudo certo, irmão?

"Sim. Vamos Aldivan? (Uriel)

"Sim. Qual o próximo lugar encantador que nos levará, Rafael Gonçalo? (Aldivan)

"Segredinho. Acompanhem-me. (Rafael Gonçalo)

Dito isto, ele levantou-se. Após pagarem as despesas no restaurante, a viagem de retorno pode ter prosseguimento. À frente, o anfitrião, o anjo xará Rafael e o vidente. Tinham um longo percurso pela frente.

Passo a passo, vão descendo o alto do cruzeiro e agora nada mais importava. A vida também era assim: construída dia após dia, entre fracassos, vitórias, decepções e realizações ela se alternava. A arte de manter o sucesso era para poucos e um destes poucos se chamava Aldivan Torres. Qual o segredo? Perseverança e a firme vontade de nunca desistir dos seus sonhos mesmo que aparentemente sejam impossíveis. Aliás, apagara a palavra "Impossível" do seu vocabulário desde que fora milagrosamente salvo de sua temida noite escura, um momento em que se esqueceu de Deus e dos bons costumes. Contudo, isto agora era passado que não cabia ficar lembrando, pois, só lhe fazia mal. O que importava era que se transformara num homem completamente iluminado pelas forças divinas e com esta força transformava tudo ao seu redor. E este redor incluía seus amigos, apóstolos, servos em geral, parentes, colegas de trabalho, conhecidos, a família humana e a família espiritual e por extensão toda a humanidade que acreditasse em seu nome. E o seu nome tinha o poder de "filho de Deus".

Ao completarem a metade do percurso, promovem a primeira parada. É distribuído água e bolinhos para os presentes. Do ponto em que estavam, podiam ver claramente o aspecto urbano espraiar-se no horizonte. Gravatá era um centro importante do estado nas dimensões política, turística, econômica e estratégica. A cerca de oitenta quilômetros de Recife, era um local acolhedor e majestoso. Lugar que merece ser visitado sempre.

Instantes depois, continuam a descer sentido sede. A próxima aventura os esperava. E assim vão avançando. Aproximadamente no mesmo tempo de ida, tem acesso ao perímetro urbano da cidade sem maiores problemas. Como era esperado, encontravam-se bastante cansados. Porém, não tinham tempo para descanso. Continuam em frente seguindo os passos de Rafael Gonçalo como foi solicitado.

Atravessando boa parte da cidade, pegam os trilhos da ferrovia já desativada e seguem em frente. Fora do perímetro da cidade, a gigante serra das russas aparece o que coloca medo em alguns. Era realmente um desafio enfrentar o medo de altura principalmente para alguns ali que tinham fobia. Porém, a mata atlântica, o relevo, os acidentes naturais tornavam o lugar inesquecível e surpreendente.

Em dado ponto, entram num dos túneis subterrâneos e é neste instante que o anfitrião entra em contato após um longo silêncio:

"Eu os trouxe aqui amigos para observarem um fenômeno contundente. Nestes galpões secretos, vaga um trem fantasma. Acho interessante para o grupo.

"Trem fantasma? Está louco? (Renato)

"Não estou louco, amigo. O trem é mais real do que qualquer um de nós. (Rebateu Rafael Gonçalo)

"Interessante. Como começou a história? (Rafaela Ferreira)

"Há duas versões. A mais aceita diz que foi a partir dum acidente na década de trinta quando um trem descarrilou nesta serra o que resultou na morte de muitos passageiros. Outra é ainda mais misteriosa: diz que o trem é espiritual fazendo parte de outra dimensão, uma espécie de ligação entre os dois mundos. Qualquer que seja a versão verdadeira, não deixaria de trazê-los aqui. (Rafael Gonçalo)

"Fiquei com medo agora. (Rafaela Ferreira)

"Eu não disse. Esta história é absurda. (Caçoou Renato)

"Não é Renato. Lembra que tudo é possível? Fizemos uma viagem no tempo, superamos a gruta, encontramos o Eldorado, vivemos uma retrospectiva presente e passado, descobrimos o código de Deus. Então nada, absolutamente nada, é impossível. (O vidente)

"Isto é verdade. Então continuemos, Rafael Gonçalo, qualquer coisa saímos correndo. (Renato)

"Sendo discretos, nada vai acontecer. Mas continuemos. Estamos perto. (Rafael Gonçalo)

"Está bem. Vamos. (O vidente)

Dentro duma meia escuridão, o grupo segue em frente. Eram realmente corajosos, pois corriam sérios riscos de encontrarem cobras, escorpiões fora os maribondos os quais dançavam diante deles. Uma picada de qualquer um deles seria perigosa e dolorosa.

Quinze minutos depois, após o final de uma curva, o anfitrião estaciona e faz sinal para que os amigos fizessem o mesmo. Momentos depois, começam a escutar um barulho vindo de longe. Mais um pouco e o barulho aumenta. E agora? O que aconteceria?

Como se fosse real, surge um trem vindo na direção deles. Chegando mais perto, não se via mais nada a não ser o barulho. Como se fosse uma flecha, passa sobre eles, desaparece e quando nossos amigos acordam do que parecia um sonho tem uma surpresa. Alguém desaparecera. O que fazer agora?

Numa aflição geral, todos começam a procurar dentre do túnel nos locais possíveis. Mas não obtém resultado. Daí eles vão se afastando e pegando o caminho inverso. Não havia motivo para permanecer ali e perder mais alguém. Maldito túnel! Engolira uma vida.

Algum tempo depois, eles alcançam a superfície. Rafael Gonçalo faz questão de se explicar:

"Peço mil perdões, pessoal. O que aconteceu foi culpa exclusiva minha.

"Não se preocupe, humano. Tinha de acontecer. (Rafael Potester)

"Você não podia imaginar o desfecho. Compreendemos. (O vidente)

"Como Rafael disse, não se preocupe. Uriel é um anjo e sabe se virar. (Renato)

"Mas mesmo assim eu sinto. Principalmente por você, Aldivan. (Rafael Gonçalo)

"Uriel sempre estará conosco. É esta minha fé. (Aldivan)

"Além disso, tem a mim para protegê-los. Sou tão poderoso que posso proteger milhões em simultâneo. (Rafael Postester)

"Então fica dito. Onde quer que estejam, os anjos nos protegem. É esta também minha fé como sacerdote da Igreja católica. (Ramon Gurgel)

"Para ficar mais calmo, eu pergunto a vocês, em geral: Rafael Gonçalo tem culpa? (O vidente)

"Não. (os outros, com unanimidade.)

"Assunto encerrado. Voltemos para a cidade. (Ordenou o Filho de Deus)

A ordem foi acatada imediatamente. O grupo agora formado por doze seres continuará em seus objetivos. No entanto, um vazio ficava com a perda inesperada da Uriel da missão. Esperemos os próximos acontecimentos do próximo livro.

Final

www.ingramcontent.com/pod-product-compliance
Lightning Source LLC
LaVergne TN
LVHW020443080526
838202LV00055B/5320